Gottlieb Stephanie, Wolfgang Amadeus Mozart

Der Schauspieldirektor

Ein Gelegenheitsstück in einem Aufzuge

Gottlieb Stephanie, Wolfgang Amadeus Mozart

Der Schauspieldirektor
Ein Gelegenheitsstück in einem Aufzuge

ISBN/EAN: 9783743644311

Hergestellt in Europa, USA, Kanada, Australien, Japan

Cover: Foto ©Andreas Hilbeck / pixelio.de

Weitere Bücher finden Sie auf **www.hansebooks.com**

Ein
Gelegenheitsstück
in
einem Aufzuge.

WIEN,
bei Joseph Edlen von Kurzbek k. k. Hofbuchdrucker
Groß = und Buchhändler.

1 7 8 6

Perſonen.

Frank.   Schauſpieldirektor.

Eiler.   Ein Banquier.

Puf.
Herz. } Schauſpieler.

Mad. Pfeil.
   ⸴ ⸴ Krone.   } Schauſpilerinnen.
   ⸴ ⸴ Vogelſang.

Hr. Vogelſang.   Ein Sänger.

Madam. Herz.
Mlle. Silberklang } Sängerinnen.

Erſter Auftritt.

Frank, gleich darauf Puf.

Puf.

Luſtig, Herr Direkteur, wir haben Permißion.

Frank. (munter) Wo lieber Puf?

Puf. In Salzburg.

Frank. (ſeufzend) In Salzburg! dem Vater=
lande des Hannswurſts!

Puf. O nur keine Grillen! Seyn Sie froh,
daß wir irgendwo unterkommen. Wenn die Kunſt
nach Brod geht , muß es ihr gleich viel ſeyn,
welche Thüre ihr offen ſteht. Es ſind überdieß
noch Bedingungen dabey. Lauter luſtige Stücke,
Ballette und Opern müſſen Sie geben.

A 2   Frank.

Frank. Und vom besten Gepräge nicht wahr? Was kostet nicht schon eine gute Gesellschaft! dann erst Ballette!. Opern! und dafür am Ende eine geringe Einnahme?

Puf. Ja, da müssen Sie sich zu helfen wissen. Sehn Sie mehr auf die Zahl als auf die Güte der Leute, die wohlfeilsten die besten. Ihr erster Akteur muß Ihnen nicht mehr als wochentlich 4 Thaler, und die erste Aktrice 2 Thaler kosten. Hernach schicken Sie eine Ankündigung voraus, und sagen drainn: Sie brächten die stärkste und ausgesuchteste Gesellschaft mit, wie noch keine dort gewesen wäre.

Frank. Was kann ich aber mit solchen Leuten aufführen?

Puf. Die besten Stücke; 30, 40 Personen stark. Worinn ein Akteur den andern vom Theater verjagt, und der Zuschauer nicht Zeit hat, über irgend eine Scene nachzudenken.

Frank. Das nennen Sie die besten Stücke?

Puf. Und mit Recht, weil Sie's meiste Geld eintragen. Ich weis wohl was Sie sagen können. — Aber — legen Sie die Hand auf's Herz, und reden Sie die Wahrheit: Haben wir nicht gerade mit den Stücken, worüber am meisten geschimpft wurde, das meiste Geld eingenommen? und bey jenen, die alle Welt für

Mei=

Meisterstücke hält, leere Bänke gehabt? Mit Nathan dem Weisen werden Sie das zweytemal nicht so viel einnehmen als die Lichter betragen; den Graf Waltron aber können Sie 20mal geben, und werden immer das Haus voll haben. Ergo? Ein Direkteur muß auf die Kassa sehen — ergo: die schlechtesten Stücke die Besten.

Frank. Aber lieber Puf, der gute Geschmack geht ja auf die Art vollends zu Grunde.

Puf. Ich bitt' Sie, bleiben Sie mit ihrem guten Geschmack zu Haus, er hat Sie beynahe an Bettelstab gebracht. Es ist ein Hirngespinnst, das den Kopf aber nicht den Beutel füllt. Die Leute führen ihn deßhalb so häufig auf der Zunge um ihn bey jeder Gelegenheit von sich zu geben, weil sie ihn nicht verdauen können. Den zu gründen gehört für grosse Herren, aber nicht für Privatleute.

Frank (seufzend) Das hab ich leider erfahren!

Puf. Und damit Sie's nicht wieder erfahren, so machen Sie's wie andre: hängen Sie ein prächtig Schild aus, mit Torten und Pasteten bemahlt, und setzen Sie Speckknödel und Sauerkraut auf.

Frank. Das heißt: betrügen Sie die Leute.

Puf.

Puf. Mundus *vult* decipi, ergo decipiatur.

Frank. Nun gut. Aber wenn ich Ihnen auch in Ansehung der Stücke Recht lassen muß, so ist's doch ganz was anders mit den Schauspielern. Die Gattung Leute wie Sie mir rathen anzunehmen — — —

Puf. Müßen überall für die Vortreflichsten gelten, wenn Sie's nur anzustellen wissen. Ist ein Schauspieler den die Leute nicht verstehen können und Ihnen deßhalb Vorwürfe machen, so sagen Sie mit einer Weisheitsmine: es ist ein größerer Denker als Redner, es steckt viel hinter dem Manne, daher gehört auch viel dazu um ihn gehörig zu beurtheilen. Von einem Sänger, der schlecht singt, sagen Sie: er ist mehr Akteur als Sänger; und von einem Tänzer, der rechte Bocksprünge macht: das ist der wahre Tanz der Alten, der durch unsre heutige Künsteley völlig verloren gegangen, ächte, reine Natur. Ehe die Leute sich für Dummköpfe halten lassen, glauben sie es Ihnen aufs Wort und finden's am Ende selbst vortreflich.

Frank. Das ist wohl leicht gerathen, aber nicht so leicht auszuführen.

Puf. Eben so leicht. Ey! ey! Herr Frank, Sie sind so lange beym Theater, und wissen noch nicht, daß der größte Theil der Zuschauer

nicht

nicht selbst urtheilt, sondern nur einigen Arist=
archen ängstlich aufs Maul sieht um ihnen nach=
zubeten ! Sobald wir hinkommen, so geben
Sie 4 — 5 Skriblern frey Entre'e, alle Tage
ein gut Souppee, und bey der ersten Aktrice
Dejeunee; die werden Ihnen aus dem elendesten
Schneidergesellen einen Roscius, aus dem unar=
tigsten Limmel einen Garrik, und aus dem ersten
Kuchelmenschen eine Clairon machen. Der Haufe
beth das nach, und so haben Sie gewonnen
Spiel.

Frank. Lieber Herr Puf, was rathen Sie
mir ! das heißt sich ja seinen Beifall erkau=
fen.

Puf. Klimpern gehört zum Handwerk. Auf
diese Art ist schon mancher elende Charlatan
zum Kapitalisten geworden, und Sie sind nach
allen Regeln der Kunst und Rechtschaffenheit —

Frank. Auf den Sand gekommen. Es sey,
ich will den guten Geschmack, die Chimaire
wie Sie es nennen, an Nagel hängen — —

Puf. Und die Rechtschaffenheit dazu.

Frank. Aber wo bekomm' ich Geld her um
anzufangen?

Puf. Hier haben Sie einmal die Permißion.
(giebt ihm einen großen Brief) Darauf neh=

men

men Sie Geld auf, und verschreiben die Einnahme.

Frank. Aber wenn ich nun mit allen Kunst-
griffen nichts einnähme? Es ist doch möglich,
daß ich ein klüger Publikum fände als ich ver-
muthe.

Puf. Ah — Sie müssen aufs Glück mehr
als auf die Möglichkeit rechnen. Das Glück
ist eine Vormünderinn der Dummheit, und wenn
Sie meinem Rath folgen, opfern Sie der Dummheit mehr, als dem Verstande, mithin haben
Sie nichts zu fürchten.

Zweyter Auftritt.

Vorige, Eiler.

Eiler. Ihr Diener lieber Frank. Sie wundern sich mich hier zu sehen? Ja das glaub'
ich gern. Werden sich aber noch mehr wundern,
wenn Sie hören werden warum ich hier bin,
und Sie aufgesucht habe?

Frank. Ich muß gestehn Ihre Gegenwart
macht mir so viel Neugierde als Freude.

Eiler. Sollen befriedigt werden. Sie wissen doch von meinem Engagement mit Madame

Pfeil

Pfeil? — Ich weis was Sie sagen
wollen, weis auch, daß ich ein Narr
bin; aber Herr, wie ich klug werden soll,
weis ich nicht. Die Liebe kann man nicht
so abwerfen wie ein Paar übertragene Schuh;
— und eine Theaterliebe hat vollends viel ähn-
liches mit dem ungrischen Fieber, was nichts
als Zeit und Klima kuriren kann. Kurz,
Madame hat mit ihrem eigensinnigen Köpfchen den
guten Leyermann ruinirt, daß er seine Gesellschaft mußte auseinander gehen lassen. Ich hätte sie freylich gern ohne Engagement unterhalten,
aber Sie will nun durchaus spielen; — sie merkt
wohl, daß ihre Macht über die Herzen nur vom
Theater herabwirkt, mithin krieg ich seit der Zeit
keine gute Miene, und um ihr nur die Hand
küssen zu dürfen muß ich zuvor erst eine Theater-
scene mit ihr spielen. Ich habe mich schon halb
dumm gelernt, kann schon aus jedem Ihrer Stücke die Hauptscenen mit ihr spielen; und wenn
sie nicht bald Engagement bekommt, kann ich das
ganze Repertoir auswendig. Alle Direkteurs,
an die ich geschrieben, haben mir abschlägige Ant-
wort gegeben. Ich weiß mir also nicht mehr zu
rathen. Zum Glück erfuhr ich, daß Sie wieder eine Gesellschaft errichten wollen, ich bitte

A 5.   Sie

Sie also, nehmen Sie sie an, ich will Sie mit Geld unterstützen so viel Sie brauchen.

Puf. (heimlich zu Frank.) Eine trefliche Gelegenheit! greifen Sie zu.

Frank. Lieber Herr Eiler, ich errichte nur eine kleine Gesellschaft und dabei würde mir Madam Pfeil zu theuer seyn.

Eiler. Ich will ihnen die Gage für sie zahlen, und oben drein tausend Dukaten auf 3 — 4 Jahre ohne Intressen leihen, nehmen Sie sie nur an, damit ich nicht mehr auswendig lernen darf, und andre statt mir die Theaterscenen mit ihr spielen.

Puf. (wie oben) Itzt besinnen Sie sich keinen Augenblick.

Frank. Aber lieber Puf; es bleibt mir ja keine Actrice neben ihr.

Puf. Unsre 2 Thaler Aktricen werden schon neben ihr bleiben.

Eiler. Nun Herr Frank, Sie stehn noch an? Geschwind entschlüssen Sie sich, ich höre sie schon kommen.

Dritter Auftritt.

Die Vorigen, Madame Pfeil.

Mad. Pfeil. Wie Herr Frank? Sie hören daß die grosse Madame Pfeil hier ist und kommen nicht zu mir? suchen mich nicht auf?

Eiler.

Eiler. (verlegen) Eben war er im Begrif zu Ihnen zu gehen.

Puf. (für sich) Die steckt uns alle in Pantoffel.

Mad. Pfeil. (zu Eiler) Nun haben Sie's ihm schon gesagt? — — (zu Frank) Sie sind in mißlichen Umständen, Herr Frank? ich will Sie herausreißen, will mich bei Ihnen engagiren. Aber alle erste Rollen, von der Subrette bis zur Königinn muß ich bekommen. Was geben Sie mir Gage?

Frank. Madame. — — —

Eiler. Zehn Thaler die Woche.

Mad. Pfeil. Was! der großen Pfeil nur zehn Thaler! Herr, man sieht's, daß Sie ihren Vortheil nicht verstehn, darum sind Sie auch zu Grunde gegangen. Für meinen Namen allein sollten Sie 10 Thaler geben.

Frank. Madame! ich habe alle Achtung für Ihre Verdienste, aber meine Umstände erlauben mir überhaupt nicht, Sie —

Eiler. (heimlich zu Frank.) Ich bitt' Sie um alles in der Welt nehmen Sie sie an!

Puf. Mehr als 12 Thaler kann er Ihnen wahrhaftig nicht geben.

Frank.

Frank. (heimlich zu Puf.) Ich mag sie gar nicht.

Puf. Sie müssen die Ehre, daß Sie die ganze Gesellschaft in Leben und Thätigkeit erhalten, und berühmt machen werden, auch in Anschlag bringen.

Frank. (für sich) Ja wohl berühmt!

Mad. Pfeil. Nun gut, aus Barmherzigkeit sollen Sie mich für 12 Thaler haben. Von meinen Talenten werden Sie keinen Beweis fordern, das bin ich überzeugt; aber Sie sollen sehen wie weit ich's im Unterrichten gebracht habe. Sie werden erstaunen, was Herr Eiler unter meinen Händen für ein Akteur geworden. (zu Eiler) Kommen Sie, wir wollen die Scene aus dem aufgehetzten Ehemann spielen. (geht etwas zurük)

Eiler (heimlich zu Frank.) Sehn Sie wohl, da muß ich schon wieder spielen.

Puf. Ich will souflieren.

Eiler. O ich hab sie so oft spielen müssen, daß ich keinen Soufleur brauche.

Mad. Pfeil. Nun, wird's bald?

Eiler. Gleich! gleich! (geht etwas auf und ab, und setzt sich in den Charakter.) „ Nun will ich meines Freundes Lehren „ in Ausübung bringen. Wenn ich nur den „ Ton recht treffe — — — Ich will anfangs gar

„ gar nicht thun, als ob ich sie sähe —
„ Wenn sie aber itzt käme — wahrhaftig, das
„ verrückte mir mein ganzes Konzept. — So wahr
„ ich lebe, da ist sie.

Mad. Pfeil. „ Nun? Wozu brauchen Sie
„ mich Sir Harry?

Eiler. „ Ich Sie brauchen? Ich wüßte
„ nicht wozu Sie in Ihrem Leben nuz gewesen
„ wären?

Mad. Pfeil. „ Sie ließen mir ja den Augen=
„ blick sagen, Sie hätten was nothwendiges mit
„ mir zu sprechen? sonst wär' ich wahrhaftig nicht
„ so bald gekommen.

Eiler. (bei Seite) „ Ich glaube mein Seel,
„ ich fange das Ding unrecht an. Es hätte alles
„ wie von ungefehr kommen sollen. Was Henker soll
„ ich ihr nun sagen? (laut) Wie gefällt dir
„ mein neues Kleid Schaz? Macht's nicht rech=
„ ten Staat?

Mad. Pfeil. „ Weiter hast du mir nichts zu
„ sagen? (will fort)

Eiler. (vertritt ihr den Weg) „ Nicht von
„ der Stelle bis Sie meine Frage beantwortet
„ haben. Höflich oder unhöflich, wie's Ihnen
„ beliebt, ich bin auf beides gefaßt.

Mad. Pfeil. „ Wollen Sie etwann mit diesen
Griz

„ Grimaßen Ihr Betragen von heute früh wie-
„ der gut machen?

Eiler. (auf und abgehend)

Ihr Götter schenktet mir ein Weib,
aus großer Gunst zum Zeitvertreib.

Mad. Pfeil. „ Wissen Sie wohl, daß ich
„ nicht Lust habe eine solche Begegnung länger zu
„ ertragen, und mich wie einen Handschuh aus-
„ und anziehen zu laßen?

Eiler. „ Reden Sie mit mir Madame?

Mad. Pfeil. „ Mit wem sonst?

Eiler. „ Wahrhaftig Kind, ich wußte nicht,
„ daß du im Zimmer wärst.

Mad. Pfeil. Wahrhaftig Kind, das ist eine
„ lächerliche Affektation.

Eiler. (bey Seite) Nun fängt's an zu operi-
„ ren, wenn ich nur kalt bleiben känn.
(laut)

„ Doch wenn zu einem größern Glück
„ Sie eure Gnade will erheben,
„ Gehorch ich gern. — Nehmt sie zurück.
„ Ich hoffe ohne sie zu leben.

Mad. Pfeil. „ Abgeschmackt!

Eiler. (hart an ihr vorbeygehend) Ohne
„ sie zu leben! ohne sie zu leben!

Mad.

Mad. Pfeil. (stößt ihn von sich) „ Einfäl=
„ tig!

Eiler. „ Ja Madme!

Mad. Pfeil. „ Ja mein Herr, ja!

Eiler. „ In Ihr Zimmer! Sogleich! den
„ Augenblick! Und lassen Sie sich das ein für
„ allemal gesagt seyn, nicht wieder in das Zim=
„ mer zu kommen, wo ich mich anziehe. Eines
„ Mannes ernsthafte Stunden müssen nicht durch
„ weibliche Unverschämtheiten gestöhrt werden.

Mad. Pfeil. „ Eines Mannes? ha ha ha!

Eiler. „ Solche freche Mienen schicken sich
„ gar nicht für Sie Madame! — — Aber so
„ ein albernes Ding ist meines männlichen Zorns
„ unwerth! — Gehn Sie mit Ihrem Spielwerk,
„ ich will allein seyn.

Mad. Pfeil. „ Itzt bleib ich ihnen zum Trotz
„ da.

Eiler. „ Soll ich Sie den Gehorsam leh=
„ ren, den eine Frau den Befehlen Ihres Man=
„ nes schuldig ist?

Mad. Pfeil. „ Mannes? Der Himmel be=
„ hüte jede Frau für so einem Manne! — — Ein
„ Federball schickt sich besser für Sie als eine Frau

Eiler. „ Und — Erlauben mir Ew. Naeweis=
„ heit Ihnen zu sagen: Eine Puppe schickt sich
                                        bes=

„ beſſer für Sie als ein Mann. — Da haben
„ Sie's wieder.

Mad.Pfeil. „ Sie bleiben doch zeitlebens ein
„ Fratz!

Eiler. „ Und Sie zeitlebens eine Närrinn Frau
„ Schnipps.

Mad.Pfeil. „ So bin ich gerade die rechte Ge=
„ ſellſchaft für Sie.

Eiler. „ Tſchu! Tſchu! Tſchu!

Mad. Pfeil. „ Auſerordentlich artig! wo ha=
„ ben Sie geſehn, daß ein Mann ſeiner Frau ſo
„ begegnet?

Eiler. „ Wo haben Sie geſehen, daß eine
„ Frau Ihrem Manne ſo begegnet? Der Henker
„ hohle mich, man thäte beſſer, man würde ein Ga=
„ lerenſclave, als daß man ſich ſo ein einfältig Ding
„ an Hals hängt, das zu nichts nütze iſt als ein
„ Schnupftuch zu ſäumen.

Mad Pfeil. „ Und wahrhaftig eine Frau thäte
„ beſſer, ſie würde eine Bänkelſängerinn, als daß ſie
„ ſich einen ſolchen Laffen auf den Hals ladet, der
„ Zeitlebens das Schulbuch auf dem Rücken tragen
„ ſollte.

Eiler. „ Es geſchieht mir ganz recht.

Mad. Pfeil. „ Mir auch! Ich hätte bedenken
„ ſollen, daß man einen Mann ſo wenig nach dem
„ Augenmaaß beurtheilen kann, als einen

Schuh

„ Schuh; diesen muß man erst anprobiren, jenen
„ kennen lernen.

Eiler. „ Und ich hätte nicht so einen schlech=
„ ten Geschmack haben, und meine Frau in der
„ Maske wählen sollen.

Mad. Pfeil. „ Wie? Sie haben mich in der
„ Maske gewählt?

Eiler. „ Ja, und noch dazu in der gefährlich=
„ sten von der Welt.

Mad. Pfeil. „ Die ist?

Eiler. „ Das bloße Gesicht.

Mad. Pfeil. „ Mein Gesicht wär' eine Maske?
„ Nein, so laß ich mich nicht schimpfen —
„ Ich will's meinem Papa sagen —
(bey Seite.) So hat er noch nie mit mir ge=
„ sprochen! Er muß von jemand aufgehetzt seyn.

Eiler. So recht. Weinen Sie sich hübsch die
„ Augen roth, damit's ihnen Jederman ansieht, daß
„ Sie vor Ihrem Mann im Gericht gestanden,
„ und Sie hübsch über ihn klagen können, wie ein
„ kleines Kind.

Mad. Pfeil. (weinend) „ Unartiger Mann!
„ hab ich solch eine Begegnung verdient?

Eiler. (bey Seite) „ Itzt weiß ich mir nicht zu
„ rathen. Wenn doch itzt Lord Medway da wä=
„ re! Für Thränen hat er mir keine Lection ge=
„ geben.

B   Mad.

Mad. Pfeil. „Ich opferte ihm alle Männer
„ auf, und noch! das ist mein Dank!

Eiler. (bey. Seite.) „Ein verdammter Pfeil!
„ der greift ein! das fällt mir so verteufelt ange=
„ nehm aufs Herz, daß ich meine ganze Lection
„ vergesse.

Mad. Pfeil. Ich will ihn nun aber auch
„ herausreißen aus meinem Herzen.

Eiler. „Nein, nein, das will ich nicht. Das
„ will auch Lord Medway nicht. Ich muß ein=
„ lenken. Wenn ich nur wüßte wie? (geht in
„ komischer Unentschlossenheit auf sie zu) Hilf
„ Himmel, wie barbarisch ist dein Kopf aufgesetzt?

Mad. Pfeil. (für sich) „Ich will nachgeben,
„ vielleicht komm ich dahinter, wer ihn gegen
„ mich verhetzt hat.

Eiler. „Du siehst wie zehn Furien aus, auf
„ Ehre eine wahre Meduse!

Mad. Pfeil. (ganz sanft) „Die Frisur ge=
„ fällt dir also nicht? so will ich morgen meinen
„ Frieseur abdanken.

Eiler. „ So steht er dir gewiß selber nicht
„ mehr an. Denn mein Urtheil hat sonst eben
„ nicht das Glück dir sehr zu gefallen.

Mad. Pfeil. „Ich versichere dich, ich glaube
„ die Frisur steht sehr gut, wenn ich also den
                                        Frie=

„ Friſeur abſchaffe, thu' ich's blos dir zu Ge-
„ fallen.

Eiler. (für ſich) „ Ich glaube, ich werfe mit
„ meinem Projekt um ! — Standthaft !
„ (laut) (ſpöttiſch) Ich kann mirs einbilden !
„ Das iſt dein einziges Dichten und Trachten.

Mad. Pfeil. „ Wahrhaftig mein Schatz, das
„ würd' es ſeyn, wenn du mir's nur erlauben wollt-
„ teſt.

Eiler. „ Liebſtes Weib ! Sag das noch ein-
„ mal, es klingt gar zu gut, wenns auch nicht
„ wahr iſt.

Mad. Pfeil. „ Auf Ehre, mein Schatz ! Ich
„ wünſche mit meinem Putz niemand lieber zu ge-
„ fallen als dir.

Eiler. „ Was für ein verhenkert angenehmes Ge-
„ ſchöpf wären Sie, wenn Sie immer bey der
„ Laune blieben.

Mad. Pfeil. „ Das wird nur auf Sie an-
„ kommen. Mein unartiger Engel !

Eiler. „ Nun ich will wahrhaftig dieſe Freu-
„ de ſo lange zu erhalten ſuchen, als Sie ſich
„ nur will halten laſſen.

Mad. Pfeil. „ Ich will wenigſtens nie wieder
„ mit dir zanken.

Eiler. „ Gewiß?

Mad. Pfeil. „ Auf Ehre !

Eiler

Eiler. „Auch ich nicht mit dir, so war ich lebe!
„ Wollen wir uns auch lieben?

Mad. Pfeil. „ Unaussprechlich!

Eiler. „ Topp! Ich will an allem was du
„ thust, nichts aussetzen.

Mad. Pfeil. „Und ich nichts an allem, was du
„ sagst.

Eiler. „Ich will dir in nichts widersprechen.

Mad. Pfeil. „ Und ich dir in allem Recht ge-
„ ben.

Eiler. „O du allerliebstes kleines Herz du! (er
küst ihr die Hand)

Mad. Pfeil. O du allerliebster kleiner Schelm
„ du! (sie klopft ihn auf die Backen.)

Eiler. „Warum haben wir uns denn gezankt
„ mein Engel?

Mad. Pfeil. „Das mußt du wissen, mein
„ Schatz!

Eiler. „Ja ich weis wohl; Lord Medway be-
„ dauerte mich immer so — —

Mad. Pfeil. „Weswegen?

Eiler. „Daß ich dich geheurathet hätte.

Mad. Pfeil. „ Im Ernst?

Eiler. „Auf mein Wort!

Mad. Pfeil. „Der Verräther! Mir machte
„ ers eben so, und sagte: du wärst mich nicht
„ werth.

B 3   Ei-

Eiler. „ Der Bösewicht!

Mad. Pfeil. „ Und trug mir seine Liebe an.

Eiler. „ Der Treulose!

Mad. Pfeil. „ Hör mein Kind, komm in mein „ Kabinet, wir wollen uns rächen, und ihm ein „ Billet schreiben.

Eiler. (nimmt sie um den Leib und führt sie zurück) „ Ja das wollen wir. „

Mad. Pfeil. (zu Frank.) Nun, was sagen Sie?

Frank Ihr Schüler macht Ihnen Ehre.

Puf. Gezankt haben Sie ganz unvergleichlich Madame!

Mad. Pfeil. (mit einem zornigen Blick) Und die Liebhaberinn?

Frank. (ironisch auf Eilern zeigend) Das von haben wir hier den besten Beweiß.

Vierter Auftritt.

Vorige, Madame Krone.

Mad. Pfeil. (mit einem verächtlichen Blick auf Mad. Krone) Kommt die Prinzeßinn auch?

Eiler. (ängstlich) Wir wollen gehen. Auf Wiedersehen, Herr Frank. (heimlich zu Frank) Oefnen Sie nur Ihr Theater bald, damit ich

nicht

ja nicht mehr die Liebhaber Rolle spielen darf.

(Eiler und Mad. Pfeil. ab)

Frank. Beste Madame Krone, was führt Sie zu mir?

Mad. Krone. Der Ruf, daß Sie eine neue Gesellschaft errichten wollen. Ich hoffe, Sie werden mir doch Engagement geben? Sie wissen, daß ich in der hohen Tragödie meines Gleichen suche.

Puf. (heimlich zu Frank) Die ist nichts für uns.

Mad. Krone. Zayre, Alzire, Kleopatra, Rodogüne und dergleichen sind Eigenthums-Rollen von mir.

Frank. O beste Madame Krone, damit ist's vorbey. Korneille, Racine, Voltäre, diese Väter der ächten Tragödie sind hinter den Ofen geworfen, und ihre Stücke, die wahren Probiersteine tragischer Schauspieler, für unbrauchbar erklärt. Der Shakesparismus hat uns ergriffen, und Helden = und Staatsaktionen sind die Produkte, womit wir jetzt paradiren. Ein Trauerspiel ohne Lustigmacher, ohne Tollhausnarren, Donnerwetter und Gespenster wird für sades Gewäsche erklärt, die Zuschauer gähnen, und die Kasse bleibt leer.

Puf. Ja, ja, das haben wir alles erfahren. Ich als lustiger Bedienter, habe eine Schellenkappe aufsetzen, mich als Pickelhäring kleiden, und die Tragödie aufrecht halten müssen. (heimlich

lich

lich zu Frank) Schicken Sie die tragische Prin=
zeßinn fort.

Mad. Krone. Das weiß ich leider alles!
Aber, Sie hoffte ich nicht so sprechen zu hören,
Herr Frank. Ich glaube es kommt immer auf
den Direkteur an, sein Publikum zu haben wie
er will. Gewöhnt er es an gute Sachen, wird
es nichts schlechtes verlangen. Nur muß er ihm
nichts auftragen, woran es sich den Geschmack
verderben kann; Lieber eine Zeitlang laviren —

Puf. Und nichts geben was ihm Geld bringt?
so muß er desto geschwinder aufhören.

Mad. Krone. Wie die Sache liegt, haben
Sie dem Schein nach Recht; aber wer ist Schuld
daran? eben Sie und ihre Kollegen. Denn,
wären die lustigen Bedienten aus dem Trauerspiel
geblieben, so wäre es noch in seinem alten Werth.
Doch ich will mich mit Ihnen in keinen Wort=
wechsel einlassen. Herr Frank, ich habe einen
der besten tragischen Schauspieler bey mir, es
ist Herr Herz. Wir wollen Ihnen eine Sce=
ne aus Bianka Capello spielen. Urtheilen Sie
dann, ob es nicht möglich wäre die reine Em=
pfindung auf dem Theater wieder geltend zu ma=
chen. (Sie geht an die Scene und führt
    Herren Herz heraus)

     Fünf=

Fünfter Auftritt.

Vorige, Herz.

Frank. (zu Herz) Mich freut es recht sehr Sie kennen zu lernen, ich habe viel rühmliches von Ihnen gehört.

Herz. Ich wünsche nur, daß Sie es auch finden.

Mad. Krone. Wir wollens versuchen. Ich bin Bianka Capello, Sie Bonaventuri! (sie stellt oder sezt sich in eine schwermüthige Lage)

Herz. „Warum so äußerst ernsthaft — wohl „ gar traurig, liebe Bianka?

Mad. Krone. „Ich denke diesem Abend nach.

Herz. „ (aufmerksam werdend) „ Diesem „ Abend?

Mad. Krone. (mit einem ernsthaften Kopfschütteln) „ O es ist eine feyerliche Nacht „ Bonaventuri, diese heutige Nacht! — Nicht „ sowohl ihrer selbst willen — Sie müst'es „ denn noch werden — als vielmehr ihres An- „ denkens halber.

Herz. „Ich verstehe dich nicht liebstes Weib- „ chen.

Mad. Krone. „ Was mir wehe genug thut! „ Man vergißt seinen oder eines Freundes Ge-
burts=

„ burtstag nicht leicht, und sie war einst die
„ Geburtsnacht unser ehelichen Verbindung.

Herz. „So?

Mad. Krone. „Zwey Jahre nun, daß ich
„ mit einem Schauder, der alle Gebeine durch-
„ bebte, bey der Rückkehr unsrer zärtlichen Un-
„ terredung, die väterliche Hausthüre verschlos-
„ sen fand — umkehrte — und, du weißt's ja
„ in wessen Arme flog!

Herz. (seinen Arm lächelnd um ihre Schul-
„ tern schlingend) „Was dich doch hoffentlich
„ jetzt nicht reut?

Mad. Krone. (mit einem starren Blick in
„ sein Auge, den er kaum aushält)
„ Und auch wohl nicht reuen darf! Nicht wahr
„ Bonaventuri, du liebst mich noch? (indem
„ sie seine Hand ergreift)

Herz. „Wie das Bianka fragen kann!

Mad. Krone. (immer seine Hand haltend, mit noch ernsterm liebevollen Blick)
„ Wenigstens kann sie fragen: ob noch so rein,
„ so heiß wie damals?

Herz. (mit dem Tone des sich mühsam
zwingenden Gewißens) „So re'n und heiß!

Mad. Krone „Und so einzig? Nein Bona-
„ venturi, verbirg deine Verlegenheit nicht län-
„ ger! Ein Fehlender ist mehr noch als ein

Heuch-

„ Heuchler werth. — Einzig! Dies Wort al-
„ so vermagst du nicht zu widerholen; jene vo-
„ rigen erzwangst du noch.

Herz. (der seine Betretung unter belei-
digt seyn verbergen will) „ Erzwang? Feh-
„ ler? Gewiß Bianka, ich weiß nicht, wie ich
„ zu diesem Vorwurf komme.

Mad. Krone. „ Bonaventuri! unsere Liebe
„ ist nicht mehr ganz wie sie ehemals war,
„ nicht mehr so wechselseitig.

Herz. „ Wenigstens auf meiner Seite.

Mad. Krone. „ Lieber, sprich diese Un-
„ wahrheit nicht aus! ich haße jeden Mund,
„ welcher lügt, und den deinigen möcht ich gern
„ ewig lieben und achten zugleich. Sieh, schon
„ wirst du bald roth, bald bleich, schon stam-
„ melst du und stockst, und doch hab ich das
„ Wort noch nicht einmal ausgesprochen, was
„ weit mehr deine Farbe wechseln, und dich
„ stammeln machen könnte.

Herz. (immer verlegner) „ Welches Wort?

Mad. Krone. „ Kassandra Bongiani.

Herz. „ Kassandra? Was soll das? was
„ meinst du mit ihr.?

Mad. Krone. „ Du wolltest es, und mei-
„ ne Vorherverkündigung ist eingetroffen.

                                    Herz.

Herz. (ſich faſſend.) Nein Bianka, die Rö=
„ the, die du mir vorwirfſt, und die ich ſelbſt
„ gar wohl fühle, iſt nicht von Scham, ſondern
„ von dem Erſtaunen erzeugt, daß meine ſonſt
„ ſo billig denkende Gattinn endlich auch
„ ein Mährchen glauben kann, das blos müßi=
„ ge Pagen und Jagdjunker ſich an irgend einem
„ Regentage ausgedacht haben; Leute welche
„ glauben, man ſey verliebt in jede Dame mit
„ der man etwa zweymal an einem Balle tanzt,
„ oder übern andern Tag je zuweilen zwanzig
„ Worte ſpricht.

Mad. Krone. „ Und du beharrſt auf dei=
„ nem Läugnen? Warnung auf Warnung er=
„ ſchüttert dich nicht? Damit bey längern Um=
„ ſchweifen nicht ſtärkere Schuld des Trugs
„ über dein Haupt komme, ſo ſchau her! Weſ=
„ ſen iſt dies Siegel? (zeigt ihm einen Brief)

Herz. (erſchrocken) „ Das meinige.

Mad. Krone. (ihn umwendend) „ Und die
„ Hand dieſer Aufſchrift?

Herz. (für ſich) „ Gott! wenn es der verloren
„ gegangene Brief, die Urſache von ſchon man=
„ cher meiner Sorgen wäre? (laut und zitternd)
„ Es ſcheint meine Hand zu ſeyn.

Mad. Krone. „ Und iſt es. Iſt dein Brief
„ an ein Weib mit dem nur müſſige Pagen und

Jagd=

„ Jagdjunker dich ins Gerede bringen. Bo-
„ naventuri! bey dem Allwissenden! nicht mei-
„ ne Mühe, nicht List der Eifersucht verschaffte
„ mir diesen Brief! Bloß der Haß deiner
„ Feinde bracht' ihn in meine Hände, und ich
„ geb ihn dir wieder, wie ich ihn empfieng.
„ Ich dürfte das Siegel nur erbrechen, und
„ ich hätte dann sichre Beweise deiner Untreu
„ tausendfältig; aber nein — —

    Herz. (der gleichsam wie aus einem Traum
    auffährt und aufmerksam den Brief
    betrachtet) „ Wie! — Götter! —
„ Bianka! — ists möglich! — dies Siegel?

    Mad. Krone. (mit schmerzhaftem Lächeln)
„ Nun ja, ist ganz.

    Herz. (mit Feuer ihre Hand ergreifend
    und küßend) „ Bianka, Weib ohne Glei-
„ chen! Engel der durch Scham mich nieder-
„ wirft! O wüßtest du was dieser Brief enthält!
(mit dem Ton der Reue) Welche Vorschläge?
„ welche Hirngespinnste?

    Mad. Krone. „ Mag ich sie doch nicht wissen!
„ Besser freylich, dies Schreiben wäre nie ge-
„ schrieben, aber da es dies einmal ist, so vergeh'
„ es so (zerreißt den Brief)

                     Herz.

Herz. „Edelstes Weib auf Gottes weiter Erde!
(indem er Sie umarmen will, bebt er zurück)
„ Nein ich bin es nicht werth dich zu berühren!
(er fällt aufs Knie) nicht werth, ach nicht
„ werth einmal den tiefsten Saum dieser Ge-
„ wänder — —

Mad. Krone. „ Bonaventuri! Mann!
„ steh auf! (sie hebt ihn auf) Fliegst du nur
„ anders mit inniger Reue, mit verjüngter Zärt-
„ lichkeit in meine Arme; O so haben diese
„ Arme nie dich zärtlicher umschlungen. (sieht
ihn mit liebvollem Drohen an) „Böser, lie-
„ ber böser Mann! wie viel opfert' ich dir nicht
„ auf?

Herz. „ Ja wohl viel! Vaterland, Eltern,
„ Wohlstand, Rang und Sicherheit gabst du
„ hin, um Verbannung, Elend und Niedrig-
„ keit mit mir zu theilen. Und ich — ich —

Mad. Krone. „Guter Bonaventuri! alles was
„ du so eben nanntest, klingt freylich rauh; er-
„ trug sich freylich ehemals hart, aber doch war
„ es mir nicht so schwer, als mein jetziges Loos.

Herz. (der sie falsch versteht.) „Was von nun
„ an dir keinen weitern Stof zu Klag' und
„ Kummer geben soll.

Mad. Krone. Nicht? weißt du das so gewiß?
„ kennst du meine ganze Lage?

                                        Herz.

Herz. (dem dieß etwas auffällt),, Wie? sollt
„ ich sie nicht kennen? Welch ein Geheimniß
„ verschlüßt Bianka noch vor mir?

Mad. Krone „ Das peinlichste, was sie jemals
„ hatte. Ja, Bonaventuri! es ist unumgänglich
„ nöthig, daß ich endlich einen Schleyer dir vom
„ Auge reiße; bey dem ichs kaum begreiffe, wie
„ er nicht schon längst dir von selbst entsank.(mit
„ schnell starrwerdendem Blick) Oder wär es
„ vielleicht schon geschehen? und du hättest nur aus
„ Kaltsinn oder Staatsklugheit geschwiegen?
„ Schande! unauslöschliche Schande über dir,
„ wenn dem so wäre!

Herz. „ Bey Gott ich verstehe dich nicht!

Mad. Krone. „ Das erste, das einzigemal daß
„ eine Blindheit von dir mir lieb ist, wenigstens
„ lieber als ein vorjetzliches Uebersehen. — So
„ wiße dann: eben die geringfügigen Reize, die
„ einst das Glück dich zu besiegen hatten, haben
„ auch schon seit geraumer Zeit das Unglück ge-
„ habt, die Begierden unsers Herzogs zu reizen.

Herz. (erstaunt),, Wie? der Herzog liebt dich?

Mad. Krone.,, Wenigstens spricht er so.

Herz.,, Zwar wer müßte dich nicht lieben, En-
„ gel in Weibsgestalt. (sein Haupt auf seine
„ Hand stützend) Er dich lieben! dich? Wie so
„ natürlich, und doch wie so schrecklich für mich!

sich

„ (sich vor die Stirne schlagend) Ha! nun be=
„ begrief ich alles! nur das nicht, daß ichs nicht eher
„ greif! Aber woher weißt du es? von ihm selbst?

Mad. Krone. „Von ihm selbst! Ließ diesen Brief.
„ In ihm, wie du siehst, beut er alles auf, was
„ er für fähig hält, meine Tugend zu erschüttern;
„ läßt mir von allem die Wahl sobald ich ihn zu
„ wählen mich entschlüße; Wahl, ob ich verstoh=
„ lener Liebe fröhnen, oder als erklärte Günst=
„ linginn mit meiner Schande prahlen wolle.
„ Der Arme, er ahndet nicht das Blut einer
„ venetianischen Edeltochter, nicht das Blut ei=
„ ner Kapello in mir. — Auch stellt ers ganz
„ auf meinen Ausspruch, ob er dich höher he=
„ ben, oder tiefer stürzen soll, als du jemals
„ standest. — Ob ich die Buhlschafft mit Kaß=
„ andern an dir bestrafen, oder nur durch gleiche
„ mit ihm vergelten wolle. — Dieß sein Brief,
„ den ich vorgestern erhielt! Begreifst du nun,
„ warum ich gestern bei seinem Jagdmahle durch=
„ aus mich zu erscheinen weigerte? Warum er,
„ deinem eigenen Ausdrucke nach, sich so zweydeu=
„ tig gegen dich betrug? Begreifst du's nun?

Herz. „Ach ich begreife nur allzuviel, gleiche ganz
„ dem Unglücklichen, den unbekannte Räuber mit
„ verbundenen Augen in ihre Mörderhöhle ge=
„ schleppt haben; und dem itzt eine mitleidige
Hand

„ Hand den Verband wegnimmt. Er sieht zwar
„ nun wieder, aber was er sieht, sind Bilder des
„ Schreckens

    Mad. Krone.„ So will ich dir von einer an-
„ dern Seite her die reizenden Aussichten einer
„ sichern, sich gnügsamen Liebe zeigen. Bo-
„ naventuri! Mann meines Herzens, gedenk an
„ jene Zeiten unsrer Armuth. Waren sie,
„ trotz unsrer Armuth, nicht die Zeiten unsers
„ Glücks? Spendete nicht eben damals das Schick-
„ sal gegen uns seine größten Schätze, da es mit
„ uns zu kargen schien? O Lieber, wir, nur
„ wir allein können reich und arm, beglückt und
„ unbeglückt uns machen; machen daß uns eine Hütte
„ zur Welt, und eine Welt, zur Hütte wird. Laß
„ uns jenes thun, da es noch hoch am Tage ist.

    Herz. „ Und wie dieß anfangen?

    Mad. Krone. „ Kurzsichtiger! fragst du noch? Wir
„ flohen aus Venedig über hohe Gebürge, ohne
„ Geld und Schutz, als wir Verfolgung besorg-
„ ten, müßen wir denn Nun hier bleiben, wo sie
„ wirklich schon da ist?

    Herz. (nach einer Pause) „ Meine Theure! we-
„ der die Furcht der Armuth noch selbst des To-
„ des soll mich von einer Flucht an deiner Seite
„ abhalten. Aber nur eine Furcht, die Furcht
„ der Schande wünsch' ich nicht mitzunehmen,

                          und

„ und eben ihrentwegen glaub' ich, daß wir nicht
„ ganz so eilen können, wie wir wünschen.

Mad. Krone. „Welcher Schande?

Herz: „Du weißt, daß des Herzogs anscheinen=
„ de Großmuth mir eine Menge Geschäfte von
„ größter Wichtigkeit anvertrauet hat; itzt fliehn,
„ eh sie vollendet worden, schiene treulos gehan=
„ delt; gäbe unsern Feinden ein zweyschneidiges
„ Schwert in die Hand.

Mad. Krone. „(den Kopf schüttelnd) Schie=
„ ne treulos gehandelt! und warten bis sie geen=
„ det, scheint sehr unklug oder vielleicht sehr unmög=
„ lich.   Ich bürge für meine Standhaftigkeit.
„ Aber Mann mit der wachsweichen Seele, wer
„ bürgt dir für dich selbst? (will fort)

Herz. „(sie haltend) Liebstes, theuestes Weib=
„ chen, wohin?

Mad. Krone. „Laß mich auf einige Minuten al=
„ lein; du kennst die Art meines Grams. Auch
„ habe ich dir ja wohl Stof genug zur Unter=
„ haltung mit dir selbst gegeben. „(zeigt daß die
„ Scene vorbey sey.)

Frank. Vortreflich! Ja wohl Madame sind sol=
che Schauspieler fähig die reine Empfindung
auf dem Theater wieder geltend zu machen!
Wollen Sie bey mir bleiben? (zu Herz) Auch
Sie? so schätz ich mich glücklich. Aber mehr

C   als

als vierzehn Thaler die Woche kann ich jedem von
uen nicht geben.

Mad. Krone. Vollkommen zufrieden. Die
Art, mit der Sie solche anbiethen, ist hinlängli=
cher Ersatz.

Puf. (heimlich) Herr Frank, da haben Sie
einen dummen Streich gemacht, die Leute wol=
len lachen nicht ächtzen.

Frank. Es gibt auch welche, die noch Herzen
haben.

Sechster Auftritt.

Die Vorigen, Madame Vogelsang.

Puf. Ah! Madame Vogelsang! Willkommen,
willkommen. Eben recht! wollen Sie Engagement
haben?

Mad. Vogels. Deswegen komm ich her. Ich
höre — —

Puf. Herr Frank, da machen Sie eine acqui-
sition. (etwas heimlich auf Mad. Krone deu-
tend) Wenn Madame das Publikum mit lauter
Empfindung eingewiegt hat, weckt die es wieder
auf. Ich will Ihnen gleich eine Probe machen.
(zu Mad. Vogelsang.) Madame! wißen Sie

noch

noch die Scene aus der galanten Bäurinn, die wir so oft zusammen gespielt haben?

Mad. Vogels. Was sollt' ich nicht! Es ist ja eine meiner Lieblingsscenen, meine Hauptscene; ist ja auf mich geschrieben worden.

Puf. Nun so bitten wir um Platz. (Mad. Krone, Frank und Herz treten zurück) „Guten „ Morgen Röschen! Wohin so früh?

Mad. Vogels. „ In die Stadt.

Puf. „ Und so geputzt?

Mad. Vogelsang. „Es hat seine Ursachen.

Puf. „Ey! was denn für welche?

Mad. Vogelsang. „ Mußt du's denn wißen?

Puf. „ Das versteht sich, als dein zukünfti„ ger Mann.

Mad. Vogelsang. „(seufzend) Ja, da ist noch „ eine gute Weile hin.

Puf. „ Hm! So gar lange ist's doch eben „ nicht bis auf den Herbst.

Mad. Vogelsang. „ Mein guter Michel dei„ ne heurige Fechsung wirst du wohl noch ohne „ mich verzehren.

Puf. „(seufzend) So? Ey! wie käm' denn „ das?

Mad. Vogelsang. „ Ja schau mein lieber „ Michel, man muß weiter hinaus denken, als „ auf heute und morgen. Ich habe nichts und

C 2

du

„ du hast nicht viel, was kommt da heraus? Sieb-
„ zehn Jahr bin ich auch erst alt, und wenn man
„ gar so jung heurathet, wird man gar geschwind
„ alt, hab ich gehört.

Puf. „So! so!

Mad. Vogelsang. „Es ist also besser, wir
„ lassens noch stehn.

Puf. „ Kurios! Wie kommt dir denn das auf
„ einmal in Kopf?

Mad. Vogelsang. „Ganz natürlich! Wenn
„ man ein wenig weiter geguft hat als in seine
„ Schüßel, so sieht man ja, daß das Geld heut
„ zu Tage das nothwendigste Hausgeräthe ist, und
„ wenn man das nun nicht hat, so muß man
„ sich doch erst darum umsehn.

Puf. „ Meinst du? Gehst etwan deswegen in
„ die Stadt?

Mad. Vogelsang. „Grade deswegen. Ich
„ will mein Glück probiren.

Puf. „Nun, und wie willst du denn das anstel-
„ len? Sag einem doch auch ein bischen was,
„ vielleicht lernt man noch ein und anders.

Mad. Vogelsang. „Du darfst weiter nicht spi-
„ tzig thun, es hat alles seine gute Richtigkeit.
„ Schau, da hab ich einen Korb Aepfel?

Puf. „Das seh ich. Nun?

Mad.

Mad. Vogelsang.,,Der muß machen, daß ich
noch einmal mit Kutsch und Pferden fahre.

Puf. „(greift ihr an die Stirne) Bist ge=
stern gewiß zu viel in der Sonne gestanden?

Mad. Vogelsang. ,,Gar nicht Herr Michel.
Nu — die Aepfel trag ich zu der alten Anne
Bruder, der ist fürstlicher Gärtner — —

Puf. ,, Und der wird dir so viel dafür geben,
daß du — — ?

Mad. Vogelsang.,,Plump mir nur nicht drein.
Da hab ich auch ein Briefchen an ihn, wo
sie mich ihm recommandirt, damit er mich bey
sich behält. Der hat nun das ganze Jahr hin=
durch eine Menge Pomeranzen und Pfirschen.
Er giebt mir also alle Tage ein Körbel voll zu
verkaufen. Die trag ich in der Früh aus, in
die Kanzeleyen, auf die Reitschule, und was
mir noch übrig bleibt, gegen Mittag zu den vorneh=
men Herren, wenn sie Ballen spielen. Nun,
mit einem hübschen Mädel handeln solche Leu=
te nicht: jeder giebt mir was ich fodre, man=
cher schenkt mir wohl gar noch was dazu.
Da kann ich mir also leicht in einem Vormit=
tage ein paar Gulden verdienen.

Puf. ,,Manchmal auch mehr, nachdem du eine
Kundschaft triffst. hm! hm!

C 3

Mad.

Mad Vogelsang. „Rümpf du nur die Na-
se, ich weiß schon, was ich zu thun habe.
Wenn mir einer sagt, ich soll ihm Pomeranzen
ins Haus bringen, so versprech ich ihms wohl,
weil er mir desto mehr zahlt, aber ich finds
Haus nicht, und so behalt' ich lange eine gute
Kundschafft an ihm.

Puf. „Schau, schau! Freylich, bey Handel und
Wandel kommt viel auf die Kundschaften an.
Nu, weiter?

Mad. Vogelsang. „Das geschieht nun alles
Vormittag. Nachmittag lern ich Näh'n, Putz-
machen und Friesieren. In einem Jahr bin
ich fertig, da leg ich denn mein Bauerngewan-
del ab, kleid mich nach der Mode, und komm
zu einer Gräfinn als Kammerjungfer.

Puf. „Potztausend, wie geschwind!

Mad. Vogelsang. „Du darfst gar nicht
zweifeln, ein hübsch Gesicht wird überall recommandirt.

Puf. „Und da fährst du also mit Kutsch und
Pferden? Richtig, mit der Bagage, wenn
die Herrschaft auf die Güter fährt.

Mad. Vogelsang. „Nein Herr Michel, ich
sitz bey der Gräfinn in der Kutsche. Das ist
aber alles noch nicht, was ich meyne.

Puf. „Nicht? Hören wir also weiter!

Mad-

Mad. Vogelsang. „ Nun hat mich gleich alles
„ im Hauß zum freßen lieb. Der junge Graf
„ streicht mir erschrecklich nach; aber den laß ich
„ ablaufen, damit ichs mit der alten Gräfinn nicht
„ verderbe.

Puf. „Eine gute Ursache.

Mad. Vogelsang. „Aber mit dem Hofmei-
„ ster von der jungen Herrschaft geb ichs ein
„ bischen gelinder. Der kann Musik und lernt
„ mich singen, damit ich also seine Kundschaft
„ nicht verliere, laß ich ihn hoffen, daß ich ihn
„ heurathen werde.

Puf. „Wieder nur wegen der Kundschaft.

Mad. Vogelsang. „In zwey Jahren kann ich
„ singen wie eine Nachtigall, da komm ich auf
„ die Komödie als Sängerinn, und krieg's Jahr
„ tausend Dukaten.

Puf. „ Auf die Komödie! O liebes Röschen,
„ was fängst du an? Weist du nicht, daß die
„ Leute nicht seelig werden?

Mad. Vogelsang. „Vor Alters wohl; aber
„ nach der neuen Einrichtung kommen sie so gut
„ in Himmel als der Schulmeister.

Puf. „ Ich hab noch keinen dort gesehen.

Mad. Vogelsang. „Das glaub ich, du bist
„ auch noch nicht dort gewesen. Nun ists gar
„ aus; ist verliebt sich die ganze Welt in mich;

C 4   ich

„ ich schick' aber alle spaßieren, ich weiß schon
„ auf wen ich warte.

Puf. „ Auf wen denn?

Mad. Vogelsang. „ Auf einen alten Kavalier.
„ Den laß ich mir an die linke Hand antrau-
„ en; in einem Monath stirbt er, und vermacht
„ mir eine Herrschaft, die mir des Jahrs hun-
„ dert tausend Gulden einträgt.

Puf. „ Ach Röschen! Herzens = Röschen! mach
„ mich doch hernach zum Verwalter!

Mad. Vogels. „ (eine hohe Miene anneh-
„ mend) Ihr könnt ja nicht schreiben guter Freund.

Puf. „ Ach liebe gnädige Frau, ich werds
„ schon lernen, wenn ich nur einmal Verwalter
„ bin. Und mit ihrem Mann werden Sie's ja
„ auch nicht so genau nehmen. (will sie umarmen)

Mad. Vogelsang. (stößt ihn von sich)
„ Grober Knopf! Wißt ihr wen ihr vor euch
„ habt?

Puf. (zu sich kommend) Poß tausend Sap-
„ perment! thust du doch als ob du schon eine
„ Dame wärst.

Mad. Vogelsang. „ (sich ebenfalls erholend)
„ Ha, ha, ha! Gelt ich weiß mich drein zu schi-
„ cken?

Puf.

Puf. „Ja, ja. Wenn nur der Kavalier schon
„ gestorben wäre!

Mad. Vogelsang „Das geht alles wie ich ge-
„ sagt habe. Nun was sagst du? Ist das nicht
„ klug ausgedacht?

Puf. „J ja, wenns nur alles so gienge! Aber
„ sag mir nur Röschen (denn jetzt bist doch noch
„ keine Dame) woher hast du denn das Zeug
„ alles?

Mad. Vogelsang. „Von der alten Anne. Du
„ weist, die hat viel gesehn, da hat sie mir denn
„ immer so erzählt; und ich hab mir das so zu-
„ sammen buchstabirt.

Puf. „Schau Röse, ich hätte nichts dagegen.
„ Aber, wenn nun alles so gienge, wie du
„ sagst, wie käm' denn ich hernach an dich?

Mad. Vogelsang. „Das will ich dir gleich
„ sagen: du gehst itzt mit mir in die Stadt.
„ Annens Bruder muß dich in ein groß Haus
„ als Kucheltrager bringen; tragen kannst du, das
„ weiß ich; nun da lernst du daneben schreiben und
„ lesen. In ein paar Jahren wirst du Kuchel-
„ inspektor. Nun legst du dir was auf die Sei-
„ te; hernach wirst du irgend einem Hofrath was
„ ins Maul, der bringt dich zu einer rechten gro-
„ ßen Herrschaft als Hofmeister. Itzt hast du
„ schon gewonnen. Denn in der Zeit bin ich

C 5   schon

„ schon auf der Komödie; ich geb dir mein Er-
„ übrigtes, du legst deine Sporteln dazu und
„ leihst aus. Zwanzig vom hundert sagt die al-
„ te Anne wär' immer noch christlich. Das häuft
„ sich nun von Tag zu Tag. Endlich braucht
„ dein Graf ein funfzig tausend Gulden, die
„ leihst du ihm, und er verschreibt dir seine
„ Herrschaft. Du giebst ihm jährlich zehn tau-
„ send Gulden, und wenn er stirbt, gehört al-
„ les dein. Itzt ist gerade mein Kavalier auch
„ gestorben. Du wirst ein Herr Von, und wir
„ heurathen uns.

Puf. „ Ah! Rubensikerment! Ich ein Herr Von!
„ Nun Röse, du sollst sehn, wie ich mich patzen
„ will. Ich will dir gewiß meinen Herrn Von
„ vorstellen. troz einem. Da hast meine Hand
„ drauf, ich geh mit dir, verkauf meine Wirth-
„ schaft, und werd ein Kucheltrager.

Mad. Vogelsang. „ Aber Michel, daß du nur
„ gescheit bist. Das erste Jahr können wir noch zu-
„ sammen kommen, aber hernach müssen wir thun
„ als ob wir uns nicht kennten.

Puf. „ Was? ich sollt' dich nicht sehen?

Mad. Vogelsang. „ Nur heimlich; das werden
„ wir schon ausmachen, bis du Herr Von bist
„ und ich Wittwe; hernach gehts schon.

Puf

Puf. „ Und was unterdessen vorfällt ? — —
„ Nun, geht eins mit dem andern auf. „(er nimmt
sie in Arm und kehrt sich gegen die Anwe-
senden) Nun Herr Frank?

Frank. Mit auserordentlich viel Natur.

Mad. Vogelsang. Also werden Sie mir doch
Engagement geben?

Puf. Können Sie noch fragen?

Mad. Vogelsang. Nun, ich will billig seyn,
achzehn Thaler die Woche.

Frank. (verlegen) Madame — rechtgern —

Mad. Krone Was! und ich soll mit Vierzehn
Thalern zufrieden seyn?

Puf. (zu Mad. Krone.) Madame, Sie werden erlauben — es ist immer schwerer das Publikum mit Anstand lachen zu machen als Thränen zu
erregen. Ueber das ist auch eine komische Aktrice
immer brauchbarer als eine bloß tragische.

Mad. Vogelsang. Ich habe noch einen Vorzug. Ich habe einen Mann der singen kann.

Herz. Und ich eine Frau die singt.

Mad. Vogelsang. Ich will meinen Mann
gleich holen (ab)

Herz. Und ich meine Frau (ab)

Mad. Krone. Nein, das heißt die Kunst zu
weit herabsetzen (ab)

Frank

Frank. Warten Sie doch Madame!

Mad. Krone. Nicht einen Augenblick.

Frank. Da haben wirs, die Gesellschaft ist noch nicht beysammen, und die Uneinigkeit herrscht schon in vollem Maaß.

Puf. Warum sind Sie mit der Gage gestiegen. Sie treiben Sie noch auf zwanzig Thaler hinauf, wenn Sie nicht fest halten.

Siebenter Auftritt.

Frank, Puf, Herr und Madame Herz.

Herz. Hier hab ich das Vergnügen Ihnen meine Frau vorzustellen. Sie ist bereit Ihnen mit einer kleinen Arie eine Probe von Ihrer Stimme zu geben.

Frank. Sie werden mir ein auserordentliches Vergnügen machen.

Mad. Herz. (singt.)

Da schlägt des Abschieds Stunde
Um grausam uns zu trennen;
Wie werd ich leben können
O Damon! ohne dich!
Ich will dich begleiten
Im Geist dir zur Seiten
Schweben um dich!
Und du! — — vielleicht auf ewig
Vergißt dafür auf mich!

Doch

Doch nein, wie fällt mir so was ein!
Du kannst gewiß nicht treulos seyn.
Ein Herz das so der Abschied kränket,
Dem ist kein Wankelmuth bekannt
Wohin es auch das Schicksal lenket!
Nichts trennt das festgeknüpfte Band.

Frank. Göttlich! unvergleichlich! ich bin Ihnen für das Vergnügen unendlich verbunden, Madame! (erküßt Madame Herz die Hand.)

Herz. (der ihm seiner Frauen Hand wegnimmt.) Um Vergebung Herr Frank, Sie bewundern zu lebhaft! Ich mag das nicht gern leiden. Sie sind also mit dem Talent meiner Frau zufrieden?

Frank. Wer würde das nicht seyn?

Herz. Nun denn, so werden Sie auch unsre Foderung nicht zu hoch finden. Sie geben meiner Frau sechzehn Thaler die Woche, und mir, weil ichs schon eingegangen bin, vierzehn.

Frank. Recht gerne.

Puf. Wir steigen.

Achter Auftritt.

Die Vorigen, Mlle. Silberklang.

Mlle. Silb. Ihre Dienerinn Herr Frank. Sie errichten, wie ich höre, eine deutsche Oper? Ich will
mich

mich also bey Ihnen als Sängerinn melden. Ich
bin Mademoiselle Silberklang, Sie müssen mich
ohne Zweifel per renommée kennen — Weil der
Ruf aber oft betrüglich ist, so will ich Ihnen ein klei=
nes Rondeau singen, damit Sie selbst urtheilen kön=
nen.

Bester Jüngling! mit Entzücken
Nehm' ich deine Liebe an;
Da in deinen holden Blicken
Ich mein Glück entdecken kann.
Nichts ist mir so werth und theuer
Als dein Herz und deine Hand;
Voll vom reinsten Liebes = Feuer
Geb' ich dir mein Herz zum Pfand.
Aber, ach! wenn düstres Leiden
Unsrer Liebe folgen soll,
Lohnen dieß der Liebe Freuden?
Jüngling das bedenke wohl!

Frank. Bravo! Bravo! Zwey so vertrefliche
Sängerinnen müssen meiner Gesellschaft einen be=
sondern Werth geben. Wenn Sie um Sechzehn
Thaler bey mir bleiben wollen — —

Mlle. Silb. Da haben sie meine Hand —
Ich mache nicht viel Umstände.

Puf. (heimlich zu Frank.) Accordiren Sie
zugleich, wie oft sie in einer Woche den Karthar
haben will.

Neun=

Neunter Auftritt.

Vorige, Madame und Herr Vogelsang.

Mad. Vogelsang. Hier Herr Frank hab ich die Ehre Ihnen meinen Mann aufzuführen.

Frank. Willkommen, willkommen. O nun hab' ich ja schon eine Oper beysammen. Nur Einigkeit bitt ich, meine Kinder.

Mlle. Silb. Ueber mich werden Sie deshalb nicht klagen können, ich bin das beste Mädchen, ich thue alles, was man will! Sagen Sie mir, wie viel hat Madame (auf Mad. Herz zeigend) Gage?

Frank. So viel wie Sie.

Mlle. Silb. Das hätt' ich wissen sollen.

Mad. Herz. Sie glauben doch wohl nicht mehr zu verdienen als ich?

Puf. O Einigkeit!

Mlle. Silb. (zu Frank) So müssen Sie wenigstens mich als erste Sängerinn annehmen.

M. Herz. Dagegen protestir' ich.

Mlle. Silb. Ich bin die erste Sängerin.

M. Herz. (spöttisch) Das glaub ich, ja nach Ihrem Sinn.

M. Silb. Das sollen Sie mir nicht bestreiten.

Mad.

Mad. Herz. (spöttisch.) Ich will es ihnen nicht
bestreiten.

Monf. Vogelf. Ey! lassen Sie sich doch be-
deuten.

Mlle. Silb. Ich bin von keiner zu erreichen
Das wird mir jeder eingestehn.

Mad. Herz. (spöttisch) Gewiß ich habe ihres gleichen
Noch nie gehörtund nie gesehn.

Mons. Vogelf. Was wollen Sie sich erst en-
rüsten,
Mit einem leeren Vorzug brüsten,
Ein jedes hat besondern Werth

Mlle. Silb.)
Mad. Herz.) Mich lobt ein jeder der mich hört.

Mad. Herz Adagio! adagio!

Mlle. Silb. Allegro! allegrissimo;

Mons. Vogelf. Piano! Pianissimo!
Kein Künstler muß den andern tadeln
Es setzt die Kunst zu sehr herab.

Mad. Herz. Wohlan! nichts kann die Kunst
mehr adeln
Ich steh von meiner Fodrung ab.

Mlle. Silberkl. Ganz recht! nichts kann
die Kunst mehr adeln
Ich stehe ebenfalls nun ab.

Puf. (ironisch) Es lebe die Einigkeit!

Letz-

Letzter Auftritt.

Die Vorigen, Eiler , Mad. Pfeil und Mad. Krone.

Mad. Pfeil. Was hab ich gehört, Herr Frank, Sie geben andern sechzehn Thaler , und mir nur zwölfe? da wird nichts draus. Ich muß die höchste Gage haben; denn ich bin in allen Fächern zu brauchen.

Eiler. (heimlich zu Frank.) Gestehn Sie ihrs nur ein. Ich zahle ja so alles.

Frank. (heimlich zu Mad. Pfeil) Beruhigen Sie sich nur; Sie sollen einen Separat= Kontrakt haben.

Mad. Pfeil. So laß ichs gelten.

Mad. Krone und Mad. Vogelf.) Was ist das ?
Mad. Herz. und Mlle. Silber.)

Frank. Daß ich gar keine Gesellschaft errichten will; wenn ich gleich anfangs so viel Hinderdernisse finde.

(Nach einer kleinen Pause)

Mad. Krone. Herr Frank, ich will der Kunst mein Intresse aufopfern.

Mad. Vogelf. Ich will mich am Beyfall schadlos halten.

Mad. Herz. Ich auch.

D   Mlle.

Mlle. Silb. Daran wird mirs auch nicht fehlen.

Puf. Nun so wäre alles wieder in Ruhe. (bey Seite) Bis es wieder ausbricht. Herr Frank, ich wünsche Ihnen Glück zu ihrer Gesellschaft. Ich fürchte nichts — als daß sie lauter erste Aktrisen, und erste Sängerinnen haben.

Schlußgesang.

Mlle. Silberkl. Jeder Künstler strebt
nach Ehre,
Wünscht der einzige zu seyn;
Und wenn dieser Trieb nicht wäre,
Bliebe jede Kunst nur klein.
Alle Künstler müssen freylich streben
Stets des Vorzugs werth zu seyn;
Doch sich selbst den Vorzug geben,
Ueber andre sich erheben,
Macht den größten Künstler klein.
Mons. Vogels. Einigkeit rühm ich
vor allen
Andern Tugenden uns an;
Denn das Ganze muß gefallen
Und nicht bloß ein einzler Mann.
Alle Künstler müssen freylich streben rc.
Mad.

Mad. Herz. Jedes leiste was ihm eigen,
  Halte Kunst, Natur, gleich werth;
  Laßt das Publikum dann zeigen
  Wem das größte Lob gehört.
Alle Künstler müssen freylich streben 2c.
Puf. Ich bin hier unter diesen Sängern
  Der erste Buffo das ist klar;
  Ich heiße Puf — nur um ein O
  Brauch ich den Namen zu verlängern,
  So heiß ich ohne Streit: Buffo.
  Und daß, wie ich, keins singen kann,
  Sieht man den Herren doch wohl an?
Alle Künstler müssen freylich streben. 2c.

www.ingramcontent.com/pod-product-compliance
Lightning Source LLC
Chambersburg PA
CBHW032140270626
47172CB00009B/765